JN096054

# リリの思い出せない ものがたり

たかどのほうこ・作    高橋和枝・絵

ポプラ社

おばあちゃんの家の庭

クロスグリの木

おばあちゃんの家

はなれ

リリちゃんは、お庭にあるクロスグリの木からまるい小さな実をひとつつまんで、ちゅっと食べたあと、しゃがんで、木の下のほうをのぞきこみました。

クロスグリは、地面から細いみきがたばのように何本もはえている木で、はばの広い葉っぱが、わさわさたくさんついています。リリちゃんは、うんと小さいとき、そう、たぶん、２才くらいのとき、そのわさわさした葉っぱとみきのあいだの暗がりにもぐりこんだような気がするのです。

　こんなにせまくて、こみいった場所に、いくら小さくたって入れるはずないと思うのに、それでも、そんな気がするのです。

そしてなにか、とてもおもしろいものを見たような気が……。ふしぎなような……きれいなかわいらしいような……とにかく、とてもとてもいいものを。

暗がりだったはずなのに、葉っぱのあいだからもれるお日さまの光のおかげでしょうか、それは明るく楽しく、なんともいえない、わくわくするものだった気がします。

リリちゃんは、いったいなにを見たのでしょう。

ああ、まったくのところ、それが問題なのでした！

2年生のリリちゃんには、どうしても思い出せないのでした。でも、1年生のときも、保育園のときも、思い出せなかったのは同じでした。

つまり、夏におばあちゃんの家にとまりにきて、お庭にさんぽに出て、黒い実がたくさんなったクロスグリの木のところまで来ると、あ、そういえば小さいとき、ここで……と、ふだんはわすれている、ある〈感じ〉がわいてくるのでした。

　小さいとき、たしかにここで、とてもとてもいいものを見た……というか、自分もその中にとけていって、いっしょにそこにいたような〈感じ〉が、かならずしてくるのでした。

「……あれって、なんだったんだろう？　ええと……ええと……。ああ、やっぱり思い出せない……」

　リリちゃんは立ちあがってため息をつきました。あの〈感じ〉だけが、まだ、ほんのり心にのこっていました。

　大きな葉っぱをたくさんつけた、クルミやマロニエの
木が、リリちゃんを見おろしていました。
　お庭を見わたせば、ところどころに、まるくかりこん
だイチイの木やアジサイのかたまりがあり、そのあいだ
を小道がとおっています。おばあちゃんの家のお庭は、
夏でもすずしい、ほんとうに気もちのいいところでした。
「もう、もどろうっと」
　リリちゃんは、おばあちゃんのサンダルをぱかぱかい
わせながら、家にむかって、小道をたどっていきました。

　リリちゃんは１年生の夏までは、おとうさんとおかあ
さんといっしょにここに来て、おとうさんが先に帰った
あと、おかあさんが帰るときにいっしょに家に帰ってい
ました。

　でも今年は、おかあさんが帰ったあとものこって、お
ばあちゃんとふたりですごしているのです。

　だって２年生ですからね、おかあさんがいなくてもだ
いじょうぶ。おばあちゃんといっしょに絵をかいたり、
工作したり、本を読んだり、ごはんのしたくをしたり
……。楽しいことはいっぱいでした。

さて、リリちゃんがお庭からもどると、おばあちゃんがいいました。

「ねえ、リリちゃん。こんど〈はなれ〉にお客さんが来ることになったの。おばあちゃんのお友だちのフサ子さん。1週間くらいいると思うの。おもしろくて、やさしいおばあさんよ。なかよくしてね」

「へえっ！」

　リリちゃんはうれしくなって、目をくりくりさせました。おばあちゃんのお友だちがとまりにくるなんて、ちょっとわくわくします。しかも、おもしろくてやさしいおばあさんだなんて。

　おばあちゃんによると、フサ子さんのおうちの台所や
おふろがいたんできたので、新しくしてもらうあいだ、
ここの〈はなれ〉でくらすことになったのだそうです。
　〈はなれ〉というのは、おばあちゃんたちのいる家か
ら、ろうかでつながったお部屋のことで、ずうっと前は、
ひいおばあちゃんが住んでいたのですが、今では、とま
りがけで来る親せきの人やお客さんのための場所に
なっているのでした。おふろもトイレも、小さな台所も
ついているので、ちょっとのあいだ住むのに、ぴったり
なのでした。

それから2日して、大きなスーツケースと大きなかばんを持ったフサ子さんが〈はなれ〉にやってきました。
　リリちゃんがなんとなく想像していたフサ子さんは、まるい顔に鼻めがねをかけた、ころんとしたおばあさんでしたが、じっさいは、まるい顔でもなく鼻めがねをかけてもいない、ほっそりした人でした。
　とくにおもしろそうにも見えなかったけれど、やさしそうなおばあさんにはちがいなかったので、リリちゃん

は、ひとまずホッとうれしくなりました。〈はなれ〉には、お庭に面した大きな窓があって、あけはなしていると、外からも、中のようすがけっこうわかりました。持ち物をかたづけおわったらしいフサ子さんが、テーブルについて、大きなかばんから、ノートやふで箱のようなものをとりだすのが見えました。

クロスグリの木のそばから〈はなれ〉のほうを見ていたリリちゃんは、

（フサ子さん、お勉強でもするのかなあ）

と、ちょっとつまらなく思いました。

　さっき、フサ子さんが着いたとき、ほんの少しおしゃべりはしたけれど、それでおしまいだったら、やっぱりがっかりでした。いっしょに遊ぼう、と思っていたわけではないとしても。

　するとフサ子さんが、お庭にいたリリちゃんに気づいて、声をかけてくれました。

「あら、リリちゃん、ちょっと来ない？」

　リリちゃんはとたんにうれしくなって、〈はなれ〉に急ぎました。

　窓のところにこしかけて中を見ると、〈はなれ〉は、もうすっかりフサ子さんの部屋になったみたいに見えました。

フサ子さんが、いすをおりて、じゅうたんにすわりながらいいました。

「ここのお庭、ほんとに気もちがいいわねえ。むかしとほとんどかわってない気がする」

「ふうん。むかしって？」

とリリちゃんはききました。

「中学生のころよ。何回か遊びにきたの」

とフサ子さんはいいました。

フサ子さんは、中学生のとき、おばあちゃんと友だち
になったのだそうです。おばあちゃんは、生まれたとき
から、今までずっと、この家に住んでいるのです。
「お庭のあのあたりにすわって、おばあちゃんといっ
しょにスケッチしたこともあったのよ」
　フサ子さんは、クルミの木のあたりを指さしながらい
いました。

「そういえば、あれって、スケッチした日の帰り道だった気がするなあ」

「あれって？」

「あのね、すごくすきだったハンカチを風にとばされちゃってね、もう悲しくてざんねんでたまらなかったの……」

「へえ、どんなハンカチだったの？」

　フサ子さんは、リリちゃんのほうを見て、にっこりしながら、ゆっくりいいました。

「つやつやしたきれいな青に、白い水玉がついた、大きなハンカチ……」

そのときでした。リリちゃんの目の中で、ぽっとやさしくあかりがともり、耳のおくでリンとかすかに鈴がなり、頭のすみが、わたがしのように、ふわっとしたのです。リリちゃんは、あっと思いました。

　それは、クロスグリの木の下をのぞいたときの、あの〈感じ〉ににていたのです。でもその〈感じ〉は、まもなく、すうっと消えていきました。もう少し、のこっていてほしかったのに。
　すると、
「じつはわたしね」
と、フサ子さんは、ないしょ話をするようにそっといいました。

「ちょうど今、あの水玉のハンカチのお話を書いてたとこだったの」

「えっ？　お話？」

　さっきの〈感じ〉のせいで、まだちょっとぼんやりしていたリリちゃんは、頭をぷるっとさせながら、フサ子さんを見ました。

「〈おはなしこづつみ〉って、リリちゃん、知ってるかしら？」

と、フサ子さんにきかれて、リリちゃんは、こくんとうなずきました。

　〈おはなしこづつみ〉というのは、おばあちゃんの本だなにならんだうすっぺらい本の題です。

本といっても、色画用紙を表紙にしてホチキスでとめた手作りのもので、子どもむけのお話がいくつかのっているのです。

　でも、字が小さかったので、おばあちゃんに読んでもらうのですが、どの表紙にも、十文字にかけたひもと荷ふだの絵がついていたので、おばあちゃんが、ぷくんとした指で本を開くときは、こづつみをあけるような、うれしい気もちになるのでした。

「つぎに出る〈おはなしこづつみ〉に、そのお話をのせようと思ってるの」

と、フサ子さんがいいました。

　リリちゃんはびっくりしました。おばあちゃんのお友だちに、お話を書いている人がいて、〈おはなしこづつみ〉を毎号送ってくれているのは知っていたけれど、そのお友だちというのがフサ子さんだったなんて！　そして、次の号にのせる新しいお話を書いているというのです。青に白の水玉のあるハンカチのお話をです……。

21

「ねえねえ、フサ子さん、それ、どんなお話なの？」

　リリちゃんは自分でもおどろいたことに、そばにすわったフサ子さんのひざをゆすっていました。なぜかどうしても、そのお話をききたかったのです。

　するとフサ子さんは、

「じゃあ、できたところまで読んであげる！」

と、元気いっぱいにこたえて、つくえの上から、花もようの紙ばさみを持ってきました。中には紙のたばがはさんでありました。

　そして、リリちゃんのように外に足をおろして、となりにすわりました。

　さあ、フサ子さんの〈朗読〉による、〈水玉ハンカチのものがたり〉というお話のはじまりです。

# 水玉ハンカチのものがたり

# 1 女の子と水玉ハンカチ

　風の中に、ほんの少し秋のにおいがまじりはじめた、夏の夕ぐれでした。

　女の子は、お友だちの家で楽しく遊んだ帰り道、ふふんふふん……とハミングしながら、ダンスのような足取りで歩いていました。道は広びろしていたし、あたりにはだあれもいなかったし、それに、お気に入りのハンカチをかぶっていたので、いつにもまして心がはずんでいたのです。

え、ハンカチをかぶっていたの？　と思った人が
いるかもしれませんが、ハンカチをスカーフのよう
にかぶって、頭の後ろでむすぶスタイルが、その子
のお気に入りだったのです。それは、ひとつまちが
うと給食当番に見えるかっこうでしたが、じょうず
にかぶれば、だいじょうぶ。同じかっこうをした少
女の絵を見たことがあり、そのとき、
「わあ、いいな。わたしもこうしようっと」
と、その子は思ったのでした。
　こうして、明るい青に白い水玉のついたハンカチ
を、その子はときどきかぶるようになったのです。

さて、おどるように歩いていた女の子は、くるくるっと回ってみました。背中をそらせて広い空を見あげ、スカートをふくらませながら、くるくるくる……ぶんぶんぶん……。

　と、そのとき、ハンカチがふわっと頭からはずれて、そばの地面に落ちてすべっていった……と思うと、風にふわりと持ちあげられ、プラタナスのこずえよりもまだ高くまでまいあがり、あれよあれよというまに、空のほうへととんでいって、とけたように見えなくなったのでした……！

女の子は、さけび声さえあげませんでした。
あまりにもびっくりしたのです。

道のとちゅうに、ぼうぜんと立ったその子は、ハンカチが消えていったほうの空を見あげて、パチパチ、パチパチ……とまばたきしてから、こうおいのりしたのでした。

「どうかあのハンカチが、いい人のところに行きますように。そしてその人をよろこばせてあげて、だいじにされますように」って。

　あのハンカチが、どろんこの中に落ちたり、ゴミ箱の中でくちゃくちゃになったりするのは、ちらっと考えるだけで、わっと顔をおおいたくなるようなひどいことでした。

「だいじょうぶ、だいじょうぶ。ぜったいにそんなことになんかならない！」

　女の子は、頭をぷるぷるとふると、なんとか元気を出して、家に帰っていったのです。

フサ子さんが、ちょっとひと息いれました。そこでリリちゃんは、急いできました。

「……今のお話って、じゃあ、ほんとのことだったのね？」

「うん。ほとんどね。だってほんとは、元気を出して家に帰ったんじゃなくて、めそめそしながら帰ったんだもの」

と、首をすくめました。

　リリちゃんは、うなずきました。

そうだと思った、というように。

　そして、

「じゃあ、つづきを読んで」

とたのみました。ねんのために、

「これからは、ほんとにあったことじゃない、作ったお話なのね？」

と、たしかめて。するとフサ子さんは、

「……うん、作ったお話」

といったあと、どこか遠くのほうを見ながら、

「でももしかしたら、ほんとにあったかもしれないお話よ……」

といって、また紙のたばに目を落とし、つづきを読みはじめたのです。

## 2　ムッちゃんと水玉ハンカチ

この子はムッちゃんです。

サラちゃんというおねえちゃん
がいます。

ムッちゃんは、サラちゃんが
持っている、バラもようのハンカチに、とてもあこ
がれていました。

やわらかいピンクのきれに、赤
いバラとみどりの葉っぱがならん
でいて、夢のようなレースのふち
がひらひらついているのです。

ムッちゃんよりは大きいとしても、まだ子どもの
サラちゃんが、どうしてそんなハンカチを持ってい
たかというと、それは、サラちゃんが、道でころん
だおばあさんをおこしてあげて、荷物を持ってあげ
て、家まで送ってあげたとき、おばあさんがお礼に

くれたからでした。

　それからというもの、ムッちゃんも、ころんだお
ばあさんを助けたくてたまらないのですが、そうい
うおばあさんは見あたらず、ハンカチの夢は、いつ
までもかなわないのでした。


　ある日のこと、ムッちゃんは、
「ねえ、あのバラのハンカチ、かしてほしいの。う
さちゃんに着せていきたいの」
と、サラちゃんにたのみました。

　ムッちゃんはきょう、ぬいぐるみのうさちゃんを
つれて、お友だちの家に行くことになったので、お
しゃれをさせたかったのです。

　それに、うさちゃん
のおなかがちょっとほ
つれて、わたがはみだ
していましたしね。
「自分のハンカチがあ
るじゃない」

と、サラちゃんはつんといいました。

「あんなにきれいなの、ないもの。あのハンカチを
着せて、こしのところをリボンでむすんでドレスに
したいの」

　でも、サラちゃんはきっぱりいいました。

「だめ。ハンカチにしわがついちゃう。それに、う
さちゃんにはにあわない」

「サラちゃんのけちんぼ！」

　ムッちゃんは、ふくれたときのくせでお庭に出る
と、ポプラの木の下のベンチにどんとすわりました。

　そのときです。ひゅうっと風がふいて、ポプラの
えだがさやさやゆれた……と思うと、ひらぁりくる
るぅりと、ムッちゃんの上に、ハンカチがまいおり
てきたのでした！

　まるで天からのおくりもののように。それは、明るい青に白い水玉のついた、大きなハンカチでした。

　大急ぎで家に入ったムッちゃんが、うさちゃんにそれを着せ、リボンをこしにむすんであげたのは、いうまでもありません。

　ただし、玉むすびしかできないムッちゃんのかわりに、チョウむすびをしてくれたのはサラちゃんです。サラちゃんは、ムッちゃんと同じくらいおどろきながら、形のいいおリボンにしてくれたのでした。

　こうして水玉ハンカチは、うさちゃんのドレスになったのです。

　水玉ハンカチのドレスを着せてからというもの、ムッちゃんは、うさちゃんのことを、前よりいっそうかわいがるようになりました。

　いすにすわらせたり、乳母車にのせたりして、せっせとかわいがっているのを見ると、水玉ハンカチは、ますますいいものに見えました。

「ムッちゃんってついてるね。ころんだおばあさんにバラのハンカチをもらうのもすごいけど、水玉ハンカチが空からふってくるほうが、もっとすごいと思うな」

　サラちゃんがうらやましそうにいうたび、ムッちゃんはにんまりし、鼻をひくひくさせました。

さて、きょうは、サラちゃんが、なかよし4人で
ピクニックに行く日でした。行き先は近くの丘です。
ひとりの子の大学生のおにいさんが、いっしょに来
てくれることになっているので安心です。おかあさ
んが、サンドイッチのおべんとうを作ってくれまし
た。
　台所にいたサラちゃんは、おかあさんとムッちゃ
んがそのへんにいないのを、きょろきょろとたしか
めると、大急ぎでおべんとうをつつみ、すばやくバ
スケットに入れました。
　なぜかというと、おべんとう用のいつものナプキン
ではなく、あの水玉ハンカチでつつんだからでした。

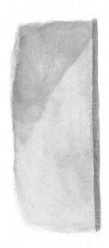

サラちゃんは、夜のうちから考えていたのです。「ピクニックにぴったりなのは、だんぜんあの青と白の水玉ハンカチだわ。あれならバスケットにだってにあうもの。どんなにすてきでも、バラのハンカチの出番じゃないわ」と。

　そして、見つからないようにこっそりと、うさちゃんのドレスをぬがしておいたのでした。ムッちゃんだって、毎日うさちゃんと遊ぶわけではありませんから、あとでまたそっと着せておけば、気づかれないでしょう。

　こうしてサラちゃんは、バスケットの口をぼうしでかくして、家を出たのです。

　ピクニックはさいこうでした。お日さまの下で楽
しく遊び、水を飲み、バスケットから水玉ハンカチ
のおべんとうをとりだし、「わあ、いいハンカチ」
といわれながらおいしいサンドイッチを食べ、みん
なでくすくすわらいました。目にうつる木々の葉っ
ぱは、風にゆれてちらちらするし、大学生のおにい
さんは、みんなにやさしくしてくれます。こんなに
いい日がまたとあるかしら……。

　ところがそのとき、思いのほか強い風がいきなりぴゅうっとふきわたり、ひざにのせていた水玉ハンカチがとばされたのです！

　おにいさんがすばやく追いかけて、丘をかけのぼってくれました。が、けっきょく、首をふりながらもどってきたのでした。なにも持たずに。

　サラちゃんは、帰りの道をとぼとぼ歩きながら思いました。

「うさちゃんに、バラのハンカチを着せてあげよう
……。にあわなくても、とってもよくにあうって、
いってあげよう……」
　そして、水玉ハンカチが、どうかいい人のところ
に行って、たいせつにされますように、とおねがい
したのです。

## 3 タアくんと水玉ハンカチ

この子はタアくんです。

エイタというおにいちゃんがいます。

ふたりは、丘のふもとの木かげでひらかれる、お楽しみ会に出ることになっていました。

歌、コント、楽器の演奏、おどり、ものまね、かくし芸……。どんなことでもいいし、大人でも子どもでもよく、うまくてもへたでもかまわない発表会です。

タアくん兄弟は、手品をします。手品セットのようなものは持っていなかったので、なにもかも自分たちでじゅんびしたのです。

といっても、考えたのもじゅんびしたのもエイタで、タアくんは、いわれたことをまちがわずにやるだけでしたが。

エイタが考えた手品は、からっぽのぼうしからとりだした青いハンカチと白いひもを、つつの中でかきまぜると、青と白のしましまハンカチに早がわり、というものでした。

どうです、なかなかすごい手品にきこえますよね。これを、「たねもしかけもありません」といって、やって見せるのですが、もちろん、エイタが考えたたねとしかけがありました。

「はくしゅかっさい、まちがいなしさ！」

と、エイタはじしんまんまん。タアくんも、「ばっちりだね！」と、うなずきました。

　よく晴れたお楽しみ会の日、ぶたいの前の原っぱ
は、お客さんでいっぱいでした。出る人は、木立ち
のかげでじゅんばんをまちます。

　おばさんがふしぎなおどりをおどり、おじいさん
が皿回しをし、今は、おねえさんがソプラノで歌い
おえて、はくしゅにつつまれているところでした。

　つぎはふたりの番です。少しでも手品師っぽく見
えるように、ふたりとも、おとうさんのだぶだぶの
黒っぽい上着を着ています。タアくんは、おじいさ
んのぼうしをかぶっています。

さて、エイタにつづいて、タアくんがぶたいのほうに歩きだしたときです。すぐそばの木に、葉っぱにかくれるようにして、ハンカチがひっかかっているのに気づいたのです。青に白の水玉がついたきれいなハンカチです。

　タアくんは、さっとつかんで上着のポケットに入れました。なぜかわからないけれど、もらっておいたほうがいいような気がしたからです。そして、エイタの後ろからぶたいにあがっていきました。

　さあ、手品のはじまりです。

「たねもしかけも、ありません！」

　タアくんは大きな声でそういうと、ぼうしをぬい

で、なにも入っていないところをお客さんに見せま

した。そして、「チチンプイプイ」といいながら、

そこから青いハンカチをとりだしました。

　みんな「おおっ」と声をもらしましたが、中にぺ

たんとしいておいた、ぼうしと同じ色の紙を、そっ

とつきやぶって、あけたあなからひっぱりだしたの

です。

　タアくんはハンカチをエイタにわたし、エイタは
それをつつに入れました。つぎにタアくんは、さっ
きのぼうしのあなから、こんどは白いひもをとりだ
し、エイタはこれもつつに入れると、
「ハンカチとひもは、ひとつになれえ！　チチンプ
イプイ！」
といいながら、つつの中をぼうでかきまわしました。
　そして、「さあ、ごろうじろ！」と、下から中の
ものをひっぱると、出てきたのはなんと、青と白の
しましまハンカチでした！　大せいこう！

──と思ったときでした。

「そのハンカチ、つつにかくしてるの見えてたよ！先っちょが、はじめからはみだしてたよ！」

と、いちばん前の子どもがさけんだのです。

　お客さんたちは大わらい。エイタとタアくんはあわてました。

　しましまハンカチは、その子のいうとおり、つつにかくしてあったのですから、そういわれてもしか

たありません。つつを二重にして、すきまにうすく、見えないように入れておいたのです。

　まさか先っちょが出ていたなんて！

　そのときタアくんは、とっさにいいことを思いつき、エイタから、しましまハンカチをサッととりあげていいました。

「みなさん、おどろくのはこれからです！　このしましまハンカチが、なんとなんと……！」

　そして、ハンカチを持った手と、なにも持ってい
ない手をいっしょにぶるんぶるんと大きくふりまわ
しながら、「なんとなんと」といいつづけ、ぶたい
の上で大きくくるりとひと回り……。

　その、後ろをむいたほんのいっしゅんのうちに、
タアくんは、右のポケットに入っていた水玉ハンカ
チをとりだし、しましまハンカチを左のポケットに
つっこみました。

　前をむいたとき、タアくんは、
「なんと、水玉もように早がわり！」
といって、水玉ハンカチを両手で広げて見せたので
す。みんなはあんぐりと口をあけて見つめます。

「え？　ほんとに水玉!?」

　さっきの子がぶたいにとびのり、水玉ハンカチを
手にとって、

「ほんとだ！　さっきは、しましまだったのに！」
と大きな声でいいました。これは、うれしいおせっ
かいでした。おかげで、後ろのほうのお客さんにも、
しましまが水玉にかわったのが、うそなんかじゃな
いことがはっきりつたわりましたからね。

　こうして、ふたりの手品は、予定どおり、はくしゅ
かっさいをあびたのでした。

でもいちばんおどろいたのは、なんといってもエイタでした。

「おい、どうして、あんなことができたのさ！」

　帰り道、ふたりだけになったところで、エイタはやっとききました。タアくんは、

「たねもしかけもありませーん！　へへへ！」

といって走りだし、

「こら、うそつけ！」

とエイタは追いかけました。

だぶだぶの服で、道具をごちゃごちゃ持ちながら走りまわって、いいことはありません。

　水玉ハンカチを落としたことに、タアくんは気づきませんでした。

「おい、教えろったら！」

　ゼイゼイしながら、エイタがタアくんをつかまえ、

「わかったわかった、教えるよ！」

といって、タアくんが、上着のあちこちをさがしても、水玉ハンカチはありませんでした。

　あたりをきょろきょろしても、ハンカチはもう風にとばされ、空のほうへと消えてしまったあとでした。

「まさか、たねもしかけも消えちゃったなんていうんじゃないだろうな」
　エイタが、横目でにらみながらききました。
　タアくんは、ぼんやりしながらつぶやきました。
「それが消えちゃったんだよ……。ふしぎだな……。まるで助けにきてくれたみたいだ……」

　タアくんは、空を見ながら、あの水玉ハンカチは、どこかでまた、だれかの役にたつのかもしれない、そうならいいなと思ったのです。

## 4　タマコさんと水玉ハンカチ

　このおばあさんはタマコ
さんです。
　タマコさんはきょう、大
にこにこでした。めずらし
いお花がいっぱいさいてい
るおうちの人とお友だちに
なり、おみやげにお花をも
らってきたからです。

　タマコさんがもらったのは、色とりどりのお花で
はなく、青と白の花だけでした。
　なぜなら、いつのことだったか、お花屋さんの店
先で、青と白だけで作られた花たばを見て、そのす
うっとすきとおるような、きよらかなやさしい美し
さに、すっかり心をうばわれたことがあったからで
した。
　そのときタマコさんは、

「もしもいつか、すきなお花をあげるっていわれた
ら、ぜったいにこういうのをもらおう」
と、心に決めたのです。
　そういうわけで、大きい花、小さい花、ころころ
した花、ふわふわした花、名前はひとつもおぼえら
れなかったけれど、どれもきれいないろんな種類の
青と白のお花をたくさんかかえて、タマコさんは、
幸せいっぱいで帰ってきたのでした。
「ほおらね、ほしいと思ってると、いつかだれかが
くれるものなのよ。わたしってついてる！」
と、ちゃっかり、ウインクなんかしながら。

さて、ひとつきりしかないガラスの花びんにぜんぶのお花を投げ入れて窓べにかざり、少しはなれたところからながめてみたところ、お花はもんくなくきれいだったけれど、なんだかぺろんとしていて、ぶっきらぼうな感じがしました。

「へんねえ、なにかが足りないわねえ。なにかしら……」

58

そのとき、窓の外で、プークがほえるのがきこえました。プークは、家の中と小さなお庭をすきなように行き来している、タマコさんがかっているダックスフントです。

「またミーシャだわ、やれやれ」

　タマコさんはため息をつきました。

　ミーシャというのは、毛のふさふさした、おとなりの大きなネコで、たいへん気まぐれなたちでした。きげんがいいと、かきねをくぐってやってきて、プークとなかよく遊びますが、虫のいどころが悪いときは、顔だけかきねからつきだして、シャーッとへんな声でプークをおどかします。

「プーク、ミーシャにかまわないで中にお入り！」
と、タマコさんは、外は見ずに声だけかけました。

　でもプークは、まだほえるのをやめません。タマ
コさんは、花びんをちょっと横にずらすと、窓から
顔を出してみました。

　プークは、スモモの木のそばで、上をむいてほえ
ています。木の上になにかあるのかしら……？　と、
タマコさんが見ると、緑の葉っぱのあいだに、青い
ものがひっかかって、ちらちらしていました。

　いったいなにかしらと、ほうきをつかんで庭に出たタマコさんが、つんつんとえだをつつくと、どこからとんできたのか、ひらりとまいおりてきたのは、青に白い水玉のついた、きれいなハンカチでした。

　そのとたんタマコさんは、ハッと思いついたのです。

「お前はほんとにおりこうさんだね！」

　タマコさんはプークをなでると、急いで部屋にもどりました。

　タマコさんは、出窓の板の上に、そのままぽんと
おいていた花びんの下に、水玉ハンカチをしいてみ
ました。

　それから、3歩下がってながめてみると、どうで
しょう。

　さっきまでのぺろんとしたぶっきらぼうな感じは
消え、美しい絵のようなながめにかわったではあり
ませんか。青と白のたくさんのお花まで、なぜかもっ
とすてきに見えたのです。とちゅうで止まっていた
仕事がみごとにかんせいしたような感じでした。

　つまり、足りなかったのは、まさに水玉ハンカチ
の花びんしきだったのです。

「あんなにきれいなハンカチが、ちょうどうちのスモモの未にひっかかっていたなんて、わたしはほんとについてるし、きょうはつくづく運のいい日だわ。それをちゃんと見つけて教えてくれたプークは、ほんとにおりこうだわ」

　お茶とクッキーを用意して、そばのテーブルについたタマコさんは、お花のある窓べの美しいながめに心からまんぞくして、ほーっと息をつきました。

　が、そのつぎのしゅんかん――。

ガオガオ、ギャギャギャギャーギャー！
ウワンウワン、ドサーッ、ゴローンッ！

窓からとびこんできたのは、プークとミーシャで
した。

目にもとまらぬ速さで花びんをひっくりかえしな
がらゆかにとびおりるやいなや、タマコさんがす

わったいすのまわりを、ガオガオギャアギャアとぐ
るぐる回り、やがて２匹が１匹のようにまるくなっ
て、ごろごろするうち、ゆかに落ちてずぶぬれになっ
ていた水玉ハンカチが２匹の頭にまきついたので、
はらおうと、どちらもハンカチにカプッとかみつい
たところ、こんどはぎゅうぎゅうひっぱりあいにな
り、とうとうミーシャが
うばいとって窓から
とびだしかけたので、
プークはミーシャの
おしりにしがみつき、
２匹はいっしょに外に
ころがり出て見えなく
なりました。

　タマコさんの部屋は、
まるでたつまきが
ひと回りしていった
あとのようでした。

タマコさんはいすにすわったまま、むねに手をあて、ゼイゼイハアハア息をすると、

「……ついてると思ってたんだけどな……」

と、やっとのことで、ひとりごとをいったのです。

落ちつくまでどれくらいかかったかわかりません。タマコさんは、ゆっくりいすから立つと、ころがった花びんと、とびちったお花をひろいました。

さいわい花びんはわれていなかったし、お花のうちの何本かは、あのイヌネコどもに（と、タマコさんはいいたい気もちでした）ふみにじられて、かわいそうなことになったものの、ほとんどは無事だったので、水を入れなおした花びんにまた入れて、形をととのえたのでした。青と白の花たばは、じゅうぶんにきれいでした。

「いいわ。よくばらないで、これで楽しむことにしよう。ほんのいっしゅんだったけど、水玉ハンカチによろこばせてもらったもの。プークがおりこうさんだったのも、ほんのいっしゅんだったってことね。やれやれ」

タマコさんは、あまりにもあっけなく、〈思い出〉になってしまった水玉ハンカチのことを、ぼうっとなつかしんだのです。

　そして、あのすてきなハンカチが、あのイヌネコどもにひどいめにあわされずにとんでいき、またどこかでだれかを、よろこばせてあげますように、とねがったのです。

　さて、タマコさんに、〈イヌネコども〉などといわれてしまったプークとミーシャは、どうしていたでしょう。

　なんとプークは、ミーシャを追いかけて、おとなりのお庭に入りこみ、ミーシャがへいをくぐりぬけて外に出たのでプークもくぐりぬけ、2匹は通りをしばらく走って知らないよその家のお庭に入りこんだのです。そのあいだミーシャは、ずっと水玉ハンカチをくわえたままでした。

ところでそこは、いろんな木がたくさんはえたお庭で、まっすぐに走るのがむずかしいところでした。
　くわえていた水玉ハンカチは、しげったクロスグリの木にたちまちひっかかってしまったのです。
　ミーシャはあきらめて口からはなし、プークをふりむいて、「ミャオ……」とあまえた声でなきました。ほんとうのところ、もうくたびれたのでした。
　それはプークも同じでした。

2匹はそろって、とぼとぼと自分たちの家へ、も
どっていきました。水玉ハンカチのことなどケロッ
とわすれて。

　それに、なぜケンカしていたかさえ、もうとっく
にわすれていました。——そう、もとはといえば、
きげんの悪かったミーシャが、かきねから顔を出し
て、「シャーッ」とプークをおどかしたとき、プー
クがくるっと後ろをむき、おしりをつきだして、さ
もばかにしたように、プルンパタン、プルンパタン！
としっぽをふってみせたために、「なにを～」とば
かりにミーシャが、プークを追いかけはじめたとい
う、それだけのことだったのです。


　さて、知らないお庭のクロスグリの木にひっか
かった水玉ハンカチは、それからいったい、どうなっ
たのでしょう。

フサ子さんは、さいごの紙を読みおえて、ふーっと大きく息をつきました。
「お話、ここまでなの。さいごは、さいしょにハンカチをなくした女の子が、『ああよかった』ってむねをおさえるようなお話にしたいんだけど、まだ決めてないの。そのお話を、このおうちにいるあいだに、なんとか書こうと……」
　そういいながら、となりにすわったリリちゃんを見たフサ子さんは、いいかけたことばを飲みこみました。

　リリちゃんは、両手をむねにあて、ほっぺたをもも色にし、お庭のほうをむいたまま目をパチパチさせていました。お話を読みはじめたさいしょのときと、まるでちがうようすです。

「……リリちゃん、だいじょうぶ？　どうかした？」

　フサ子さんは、そっと声をかけました。

　するとリリちゃんは、うるんだ、ぼうっとしたような目でフサ子さんを見つめ、もわんとした、こもったような声で、ぽつりぽつりと話しだしたのです。

「あのね……、わたし、つづき、知ってるの。思い出したの……やっと……。でも、フサ子さん、がっかりしないでね……」

「……え？　知ってる……って？」

　フサ子さんは、わけがわからなくて、きょとんとし、それから紙たばを横におくと、ちょっとすわり直して、リリちゃんの話をきいたのです。

　さあ、これは、2才だったリリちゃんが見たお話……いえ、リリちゃんにおこったお話です。

おとうさんとおかあさんにつれられて、おばあちゃんの家にやってきたリリちゃんが、たったひとりでお庭に出て、あちらこちらを歩いていた、夏のある日のことです。

　キュウキュウ、カタカタ、モゴモゴ……というような小さな小さな音が近くの木の中からきこえてきたのです。どうやら、細いみきが何本もはえ、葉っぱがたくさんついたクロスグリの木の中からきこえてくるようでした。

リリちゃんがそっと近づいてみると、みきやえだや葉っぱでぎっしりの、せまくて暗い木のすきまが、だんだん広がり、うっすら明るくなってきて、そこにお部屋があるのが見えたのです。モグラたちのお部屋でした。

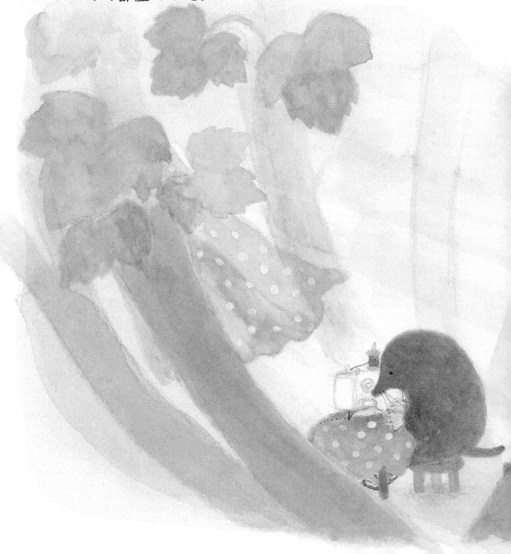

おかあさんモグラが、ハミングしながら窓べでカタカタとミシンをかけていました。
　その窓には、青に白の水玉もようのカーテンがかかっていて、そよそよと風にゆれていました。3匹の子どものモグラたちが、テーブルにむかって、絵をかいていましたが、みんなおそろいの、カーテンと同じ、水玉もようのエプロンをしていました。むねあてのあるエプロンです。

「さあてと、わたしのエプロンもできたっと。むね
あてのぶんまではなかったから、わたしのは、こし
からのエプロンよ」

　そういって、ミシンの前から立ちあがったおかあ
さんモグラは、できたての水玉のエプロンを太った
おなかに、きゅっとしめました。

「あ、おかあちゃん、すてき！」

「にあう、にあう！」

　子モグラたちが、キュウキュウした声でいい、ポー
ズをとったおかあさんを見て、みんなでキュッ
キュッとわらいました。

「おかあちゃん、おやつ！」

と、ひとりの子がいい、おかあさんモグラは、

「そうね、せっかくエプロンしたんだもんね。じゃ

あ、クレヨンかたづけて」

といいながら、たんすのひきだしから、ランチョン

マットをとりだしました。これも同じ水玉もようで

した。子どもたちも、テーブルの上をかたづけたり、

食器を出したりと、お手つだいしました。

　そのとき、おかあさんモグラが、リリちゃんに気

づいたのです。

「あらあら、そんなところに立ってないで、入ってい

らっしゃいよ。いっしょにおやつを食べましょうよ」

　そこでリリちゃんは、その部屋に入りました。

　小さくてうす暗かった部屋は、入ってみるとそん
なことはなく、広さも明るさもまあまあでした。モ
グラは、明るすぎるのはにがてですから、ほんのり
明るかったのです。

　おかあさんモグラも、子どもたちも、みんなとて
も小さなビーズのような目をしていて、ビロード
そっくりのつやつやした、こげ茶色の毛をしていま
した。

　クッキーをたくさんのせた大きなお皿は、おばあ

ちゃんの台所にある、小さなお皿にそっくりでした
が、ひとりずつのカップやお皿は、リリちゃんの知
らないものでした。すると、

「リリちゃんのおかあさん、もうおままごとしない
と思って、しばらく前からかりてるの。でもリリちゃ
ん、使うかしら」

と、おかあさんモグラがいいました。リリちゃんは、
首をふりました。自分のおままごとセットならあり
ましたから。

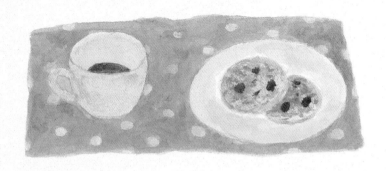

　飲みものはクロスグリのジュースでした。クッキーにねりこんであるくだものも、クロスグリのようでした。

　子どもたちは、リリちゃんとなかよくなりたいらしく、そっと手をにぎったり、ふくをひっぱったりしては、鼻をひくっとさせて、横目でちろんと見て、そのたびににっこりしました。

　おかあさんモグラがいいました。

「この水玉のきれ、この部屋の屋根のあたりにひっかかっていたの。きっと、だれかやさしい人からのおくりものね。すぐに、これでいろんなものが作れるわって思ったわ。でもわたしはきれいずきだから、もちろんちゃんとおせんたくして、アイロンかけて、それから仕事にかかったのよ」

するとひとりの子が、
「あたしは、ハサミで切るの手つだったの」
といい、べつの子が、
「ほんとはね、テーブルクロスがほしかったんだけ
ど、そんなになんでも作れるほどはなかったから、
このランチョンマットになったんだよ」
と教えてくれました。

リリちゃんは、自分がなにを話したか、あまりおぼえていません。もしかしたら、モグラだけが話したのかもしれません。でも、さいごに、
「ごちそうさま。ありがとう。ばいばい」
といって、クロスグリの木の中から出てきたことだけは、ぼんやりおぼえていました。

外に出たリリちゃんは、木の中をのぞいてみましたが、見えたのは、ただ、みきや葉っぱや黒ぐろとした土だけでした。

リリちゃんは、今のお話を、自分のことばで、ときどき止まったり、つっかえたりしながら話したのです。

　話しおえて、フサ子さんを見あげたリリちゃんは、おそるおそるききました。

「ねえフサ子さん、ハンカチが切られちゃったの、がっかりじゃなかった？」

　フサ子さんは、さっきのリリちゃんのように、ほっぺ

たをもも色にし、うるんだような目でリリちゃんを見つめて、だまって首をふりました。

　それから、しずかにいいました。

「それどころか、むねがいっぱい……。そうだったのねえ。あのハンカチ、モグラたちのお部屋で使われてたのねえ……。しかも、ここのお庭にもどってきてたなんて……」

リリちゃんはかたで大きく息をしながら、にっこりわらいました。

「……わたしね、今のこと、ずうっとずうっと、思い出せなかったの。小さいときに、あのクロスグリの木の中で、なにかすごくいいものを見たはずなのにって。ああ、やっとやっと、思い出せた！」

　でもそれからリリちゃんは、ふと、まゆをひそめ、

「でもふしぎ……。ほんとに見たのかなあ……っていうか、いくら小さくたって、あの木の中に入れっこないし……ていうか、モグラがミシンかけてたなんて……」

と、つぶやきました。

クロスグリの木のほうを見ながら、フサ子さんがいいました。

「……うん。たしかにとてもふしぎねえ。ほんとうじゃなかったのかもしれないわねえ……。だけど、リリちゃんが話してくれたとおりに、ぜんぶちゃんと見えたわよ。わたしが自分で見たみたいに」

　そして、

「お話のつづき、そのまま書いてもいい？」

と、リリちゃんにききました。

「そうして、そうして！」

　はずんだ声でリリちゃんはいいました。

「じゃ、わたし、お話のいちばんさいごに、こんなふうに書き足すことにする。〈もしも、水玉ハンカチを風にとばされた女の子が、ハンカチがモグラの部屋でカーテンやエプロンになっていたことを知ったなら、きっとにっこりして、『ああよかった！』とむねをおさえたことでしょう〉って」

フサ子さんはそういうと、
「ああ、ほんとによかった！」
と、むねをおさえたのです。

夕方がちかづいた夏のお庭が、ふたりの目にやさしく
うつりました。

　見ると、おばあちゃんが、木々のあいだの小道のむこ
うからころころと歩いてくるところでした。

　おばあちゃんは、手をふりながら、高い声でいいまし
た。

「すがたが見えないから、もしかしたらと思ったら、やっぱり！」

「うん！　ここにいたよぉ～！」

と、リリちゃんがさけび、

「楽しかったわよ～！」

と、フサ子さんがさけび、ふたりは「ねー！」と、顔を見あわせて、クスクスッとわらいました。

《水玉ハンカチのものがたり》は、つぎの「おはなしこづつみ」にのるでしょう。ほんとうにあったお話、もしかしたら、ほんとうだったかもしれないお話、ほんとうだと思ったけれど、ほんとうじゃなかったのかもしれないお話……。

そんなお話が、ぐるぐるとみんな、つながって、たぶん、おもしろい、ひとつのお話になることでしょう。

作　たかどのほうこ（高楼方子）

函館市生まれ。絵本から長編ファンタジー、エッセイと幅広いジャンルで活躍。自作の絵本に『まあちゃんのながいかみ』（福音館書店）「つんつくせんせい」シリーズ（フレーベル館）『わたし、パリにいったの』（野間児童文芸賞、のら書店）『もぐちゃんのおさんぽ』（こぐま社）、幼年童話に「へんてこもりのはなし」シリーズ（偕成社）、読物に「いたずら人形チョロップ」シリーズ（ポプラ社）『いたずらおばあさん』（路傍の石幼少年文学賞）『おともださにナリマ小』（産経児童出版文化賞）『わたしたちの帽子』（赤い鳥文学賞、小学館児童出版文化賞・以上フレーベル館）『十一月の扉』（産経児童出版文化賞フジテレビ賞）『緑の模様画』（以上福音館書店）『ニレの木広場のモモモ館』『トムと3時の小人』（以上ポプラ社）、エッセイに『老嬢物語』（偕成社）などがある。

絵　高橋和枝（たかはし・かずえ）

1971年、神奈川県に生まれる。東京学芸大学教育学部美術科で日本画を学び、文具デザインの仕事を経てイラストレーター、絵本作家として活動している。おもな挿絵の作品に、『盆まねき』（富安陽子・作／偕成社）、『もりのゆうびんポスト』『もりのともだち、ひみつのともだち』（原京子・作）、『サンタクロースは空飛ぶ宅配便ではありません』（市川宣子・作／以上ポプラ社）、『2番めにすき』（吉野万理子・作／くもん出版）など。自作の絵本に、「くまくまちゃん」シリーズ（ポプラ社）、『りすでんわ』（白泉社）、『トコトコバス』『くまのこのとしこし』（ともに講談社）、『あら、そんなの!』（偕成社）、『うちのねこ』（アリス館）などがある。

GO!GO!ブックス（8）

# リリの思い出せないものがたり

作　たかどのほうこ
絵　高橋和枝

2024年6月　第1刷

発行者　加藤裕樹
編　集　松永 緑・上野 萌
発行所　株式会社ポプラ社
　　　　〒141-8210 東京都品川区西五反田3-5-8　JR目黒MARCビル12階
　　　　ホームページ　www.poplar.co.jp
印刷・製本　中央精版印刷株式会社
デザイン　楢原直子（ポプラ社デザイン室）
シリーズロゴデザイン　BALCOLONY.

© Hoko Takadono, Kazue Takahashi 2024
ISBN978-4-591-18190-4　N.D.C.913　95p　22cm　Printed in Japan